Escrito por Sandra Morales
Ilustrado por Karla Lorena

coleção
DE CÁ, LÁ E ACOLÁ

Sobre lhamas, choclos e montanhas

Sobre llamas, choclos y montañas

Edição bilíngue
Português-Espanhol

Saíra
EDITORIAL

Copyright do texto © 2022 Sandra Morales
Copyright das ilustrações © 2022 Karla Lorena

Direção e curadoria	Fábia Alvim
Gestão comercial	Rochelle Mateika
Gestão editorial	Felipe Augusto Neves Silva
Diagramação	Luisa Marcelino
Revisão	Márcia S. Zenit

Dados Internacionais de Catalogação na Publicação (CIP) de acordo com ISBD

M828s   Morales, Sandra

  Sobre lhamas, choclos e montanhas: Sobre llamas, choclos y montañas / Sandra Morales ; ilustrado por Karla Lorena. - São Paulo, SP : Saíra Editorial, 2022.
  24 p. : il. ; 20cm x 20cm. – (De cá, lá e acolá)

  ISBN: 978-65-86236-78-1

  1. Literatura infantil. I. Lorena, Karla. II. Título.

2022-3616   CDD 028.5
                                             CDU 82-93

Elaborado por Vagner Rodolfo da Silva - CRB-8/9410

Índice para catálogo sistemático:
1. Literatura infantil 028.5
2. Literatura infantil 82-93

Todos os direitos reservados à Saíra Editorial

📞 (11) 5594 0601   💬 (11) 9 5967 2453
📷 @sairaeditorial   f /sairaeditorial
🌐 www.sairaeditorial.com.br
📍 Rua Doutor Samuel Porto, 396
   Vila da Saúde – 04054-010 – São Paulo, SP

*Dedico esta pequena história a todas aquelas pessoas que, em diversas frentes,
lutam por um mundo mais justo, mais humano e mais igualitário.*

*Dedico esta pequeña historia a todas aquellas personas que, desde diferentes frentes,
luchan por un mundo más justo, más humano e igualitario.*
Sandra

*Para mim, minha família e para os pequenos leitores que vivem em dois mundos
diferentes e o transformam em seu mundo.*

*Para mí, mi familia y para los pequeños lectores
que viven en dos mundos diferentes y lo transforman en su mundo.*
Karla

A lhama é muito nobre e inteligente, pois é o único animal de carga que não segue adiante quando é maltratado.

Ela só vai em frente e ajuda se falam com ela e a tratam com carinho; senão, ela se deita no chão em sinal de tristeza e não caminha mais.

La llama es muy noble e inteligente, pues es el único animal de carga que no avanza cuando les maltratan.

Ella sólo da un paso adelante y ayuda si le hablan y le tratan con cariño, si no, se recuesta en el suelo en señal de tristeza y no camina más.

Minha mãe me contou essa e outras histórias de animais, como raposas, pumas, condores e outros, que fazem parte das lendas andinas.

Mi mamá me contó esa y otras historias de animales, como zorros, pumas, cóndores y otros que forman parte de las leyendas andinas.

Peru

Brasil

E minha mãe sabe essas histórias porque ela nasceu no Peru, e meu pai também nasceu lá. Eles emigraram para o Brasil muitos anos atrás. Já eu nasci no Brasil. O Peru fica muito perto do Brasil, mas para chegar é necessário pegar um avião.

Y mi mamá sabe esas historias porque nació en Perú, mi papá también nació allá. Ellos migraron a Brasil hace muchos años. Yo nací en Brasil. Perú queda muy cerca de Brasil, pero para llegar es necesario tomar un avión.

Fui ao Peru pela primeira vez quando eu tinha três anos e conheci muitos primos, primas, tios e tias. Eu me diverti um montão, porque todos falavam em espanhol (e eu entendia tudo) e sempre pediam que eu falasse em português para eles aprenderem algumas palavras.

Já fui duas vezes ao Peru e não sei bem como explicar; mas, quando vou, sinto saudades do Brasil e, quando estou no Brasil, sinto saudades do Peru.

He ido a Perú por primera vez cuando tenía tres años y descubrí que tenía muchos primos, primas, tios y tías. Me divertí mucho porque todos hablaban español (y yo entendía todo) y siempre me pedían que yo hablara en portugués para que aprendieran algunas palabras.

Ya he ido dos veces a Perú y no sé bien cómo explicar, pero cuando voy siento que extraño Brasil y cuando estoy en Brasil extraño mucho Perú.

Tenho muitos amigos e amigas aqui no Brasil, amigos e amigas do meu bairro e da minha escola. Eles e elas adoram ouvir as histórias que eu conto sobre o Peru e acabam aprendendo várias palavras em espanhol, porque eu misturo as duas línguas. Meu pai sempre me diz que, se alguém não consegue me entender, é só procurar outras formas para me expressar.

Tengo muchos amigos y amigas aquí en Brasil, amigos y amigas de mi barrio y de mi escuela. A ellos y a ellas les encanta escuchar las historias que les cuento sobre Perú y acaban por aprender varias palabras en español porque yo a veces mezclo los dos idiomas cuando hablo. Mi papá siempre me dice que, si alguien no me entiende, sólo tengo que buscar otras formas para expresarme.

No dia em que ensinei a palavra "choclo", meus amigos e amigas riram muito, porque acharam engraçado, mas ficaram impressionados quando eu contei que, no Peru, o choclo tem muitas cores e tamanhos diferentes e que ele é comido cozido, frito, em farinha, em bolos e em sorvetes.

El día que les enseñé la palabra "choclo", todos mis amigos y amigas se rieron mucho porque la encontraron muy graciosa, pero quedaron muy impresionados cuando les conté que en Perú el "choclo" tiene muchos colores y tamaños diferentes y que lo comen cocido, frito, en harina, en tortas y en helados.

Também gosto de contar para os meus amigos e as minhas amigas sobre as grandes montanhas que formam a cordilheira dos Andes e que parecem pintadas de branco, porque muita neve se forma no topo. Decidimos que, quando tivermos idade apropriada, iremos todos juntos para conhecê-las e escalá-las.

También me encanta contarles a mis amigos y amigas sobre las grandes montañas que forman la Cordillera de los Andes, parecen pintadas de blanco porque mucha nieve se forma en la cima, mi mamá dice que las montañas sienten nuestra presencia y nos observan. Con mis amigos hemos decidido que cuando tengamos la edad apropiada iremos todos juntos para conocerlas y escalarlas.

Também tenho muitos amigos e amigas que não nasceram no Brasil ou que têm pais vindos de outros países. Eu adoro isso, porque sempre me ensinam brincadeiras, palavras, costumes e comidas.

Para mim, é muito divertido ter muitos amigos e amigas e aprender tantas culturas e línguas diferentes.

También tengo muchos amigos y amigas que no nacieron en Brasil o que tienen padres que vinieron de otros países, eso me gusta mucho porque siempre me enseñan juegos, palabras, costumbres y comidas.

Para mí es muy divertido tener muchos amigos y amigas y aprender tantas culturas e idiomas diferentes.

GLOSSÁRIO / GLOSARIO

Lhama: essa palavra tem origem na língua quíchua. A lhama é um animal de pelagem lanosa, que a protege do frio. Lhamas moram na cordilheira dos Andes, nos países Equador, Peru, Bolívia, Argentina e Chile. Acompanham os camponeses e os ajudam transportando carga. Também se usam sua lã e seu couro.

Puma: é um grande felino solitário, noturno e muito forte. Mora nas florestas da América, nas zonas tropicais e também nos Andes. Foi considerado um animal sagrado por diferentes culturas ameríndias.

Condor: é um animal que habita a cordilheira dos Andes, na América do Sul. É uma ave grande, preta, com colar branco no pescoço, asas muito grandes, que voa de uma forma impressionante. Infelizmente, está em perigo de extinção pela perda de seu hábitat natural. O condor era cultuado pelos incas.

Choclo: origina-se da língua quíchua, choccllo, e significa "milho tenro na espiga". A palavra é usada em muitos países da América do Sul. Especificamente o choclo (ou milho) peruano tem mais de cinquenta tipos. É muito usado na gastronomia tanto para comidas quanto para bebidas, como a tradicional "chicha", feita com milho roxo.

Llama: esta palabra tiene su origen en el idioma quechua. La llama es un animal con un pelaje lanudo que lo protege del frío. Las llamas viven en los Andes: en Ecuador, Perú, Bolivia, Argentina y Chile. Acompañan a los campesinos y les ayudan a transportar carga, también se utilizan su lana y su cuero.

Puma: es un felino grande, solitario, nocturno y muy fuerte. Vive en los bosques de América, en las zonas tropicales y también en los Andes. Fue considerado un animal sagrado por diferentes culturas amerindias.

Cóndor: es un animal que habita la cordillera de los Andes, en Sudamérica, es un ave grande, negra, con un collar blanco en el cuello, tiene alas muy grandes, que vuela de manera impresionante. Desafortunadamente, está en peligro de extinción debido a la pérdida de su hábitat natural. El cóndor era adorado por los incas.

Choclo: tiene su origen en el idioma quechua: "choccllo" y significa "mazorca de maíz tierno". La palabra se usa en muchos países de América del Sur. Específicamente el choclo peruano (o maíz) tiene más de cincuenta tipos. Es muy utilizado en la gastronomía tanto para alimentos como para bebidas, como la tradicional "chicha" elaborada con maíz morado.

Cordilheira dos Andes: é uma cadeia de montanhas que percorre toda a costa oeste da América do Sul. Atravessa os países do Chile, da Argentina, do Peru, da Bolívia, do Equador e da Colômbia. No norte do Chile e na Argentina, estão os picos mais altos, seguidos pela Cordilheira Branca, localizada no Peru.

Cordillera de los Andes: es una cadena montañosa que recorre la costa occidental de América del Sur y atraviesa los países: Chile, Argentina, Perú, Bolivia, Ecuador y Colombia. En el norte de Chile y Argentina se encuentran los picos más altos, seguidos por la Cordillera Blanca, ubicada en Perú.

Sobre a autora

Sandra Morales nasceu no sul do Peru, na cidade de Arequipa. Psicóloga de profissão, trabalhou por mais de dez anos com crianças. Migrou para o Brasil em 2014, país onde se especializou em Psicologia Junguiana, combinando seus estudos com o interesse pela Mitologia e pela Cosmovisão Andina. Atualmente mora em São Paulo e trabalha como psicoterapeuta e como professora. Ela é companheira do Giancarlo e mãe de Bruna, de 6 anos. Faz parte do Coletivo Equipe de Warmis - Convergência de Culturas e do Departamento de Estudo e Pesquisa da Alma Brasileira da Associação Junguiana do Brasil.

Sandra Morales nasció en el sur del Perú, en la ciudad de Arequipa. Psicóloga de profesión, trabajó más de diez años con niñas y niños. Migró para Brasil en el año 2014, país en donde se especializa en Psicología junguiana logrando unir sus estudios con su interés por la Mitología y por la Cosmovisión andina. Actualmente vive en Sao Paulo y trabaja como psicoterapeuta y como profesora. Es compañera de Giancarlo y mamá de Bruna de 6 años. Es parte del Colectivo Equipo de Base Warmis - Convergencia de las Culturas y del Departamento de estudio e investigación del Alma Brasilera de la Asociación Junguiana del Brasil.

Sobre a ilustradora

Karla Lorena nasceu na Bolívia, na cidade de La Paz. Aos onze anos mudou-se para o Brasil. Na escola sempre foi elogiada pelos seus desenhos e artes. Formada em Comunicação Audiovisual, gosta de ouvir e transmitir histórias, seja com a edição de vídeos, seja ilustrando. Atualmente é iniciante na arte digital, trabalha com edição de vídeos e animação na Empresa Kaptiva, voltada para soluções educacionais (EAD), contando histórias para facilitar o ensino a distância.

Karla Lorena nació en Bolivia, en la ciudad de La Paz. A los once años se mudó a Brasil. En la escuela siempre ha sido elogiada por sus dibujos y arte. Licenciada en Comunicación Audiovisual, disfruta escuchando y transmitiendo historias, ya sea editando videos o ilustrando. Actualmente es un principiante en el arte digital, trabaja con la edición y animación de video en la Empresa Kaptiva, enfocado en soluciones educativas (EAD), contando historias para facilitar el aprendizaje a distancia.

Esta obra foi composta em Decoy e Adobe Jenson Pro
e impressa em offset sobre papel couché fosco 150 g/m²
para a Saíra Editorial em 2022